Papi
Mamie
Léo
Léna
Basile
Tom

# Chers Parents,

**Cette collection de lecture à deux voix, dans laquelle le parent lit le texte et l'enfant nomme les mots illustrés, permet de poser les prérequis d'un bon apprentissage.**

- **Structurer son langage :** en vous **écoutant** raconter l'histoire, en **nommant** les images, en **répondant** aux petites questions de compréhension, votre enfant ose s'exprimer oralement en toute confiance.
- **Se préparer à l'apprentissage de la lecture :** en vous **regardant suivre les lignes de texte avec votre doigt**, il intègre la notion essentielle du sens de lecture de gauche à droite.
- **Se connaître :** en s'identifiant aux personnages et aux situations, il reconnaît **ses propres émotions** (joie, peur, colère…) dans un cadre bienveillant qui le rassure.

Prenez du plaisir en partageant **un moment privilégié** avec votre enfant !

**Bonne lecture !**

**Édition :** Barbara Jung
**Conception graphique :** Mélissa Chalot
**Mise en pages :** Mélissa Chalot

ISBN : 978-2-01-787705-9



www.parascolaire.hachette-education.com

Police SG STYLO © 4 HEURES 21/11/2003

Achevé d'imprimer en mars 2021 en Espagne par Unigraf

Dépôt légal : mai 2021 - Édition 01- 21/7223/9

Les histoires de P'tit SAMi Maternelle

Une histoire à lire à deux

# Bonne fête Papa !

**Texte** : Nine Cléry
**Illustrations** : Alain Boyer

hachette

– Plus que 5 dodos et c'est

la fête des Pères, annonce Julie.

Tom
et

Léna
ont déjà préparé une

surprise pour leur papa.

– C'est quoi ? demande Sami.

– Léna ne veut pas me le dire,

c'est un secret, répond Julie.

Combien de jours reste-t-il avant la fête des Pères ?
SAMI
AVIONS
PIRATES

C'est l'heure du  gouter. Sami

et Julie réfléchissent à ce qu'ils

pourraient offrir à leur  Papa.

– Papa adore faire la cuisine.

On pourrait peindre ses  cuillères

en bois pour qu'elles soient

plus jolies, suggère Sami.

Que penses-tu
de l'idée
de Sami ?

– Mais après, la peinture dans la sauce, ça va tout dégouliner ! s'inquiète Julie.

Heureusement,  Maman, qui a tout entendu, a une meilleure idée :

– Et si vous lui décoriez un  tablier Papa super chef  pâtissier ?

Pourquoi n'est-ce
pas une très bonne
idée de peindre
les cuillères ?

Maman, qui a toujours des trésors

dans son  armoire , sort un tablier blanc

et des  peintures de toutes les couleurs.

– Mais, mes  pinceaux sont à l' école !

s'inquiète Julie.

– Pas besoin de pinceaux mes

petits  poussins , répond Maman.

Devines-tu comment Sami et Julie vont peindre le tablier ?

Sami et Julie sont impatients

de comprendre quelle idée

Maman

a en tête.

Maman écrit en grandes

lettres PAPA sur le 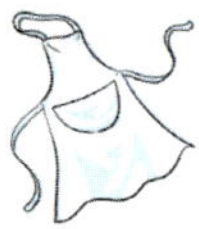 .
tablier

Julie, très fière, s'exclame :

– Tu as écrit Papa !

Sais-tu écrire PAPA ?

Maman verse un peu de peinture

dans des 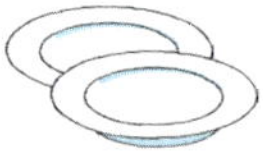 assiettes en carton.

– À vous de jouer, dit-elle. Appuyez

vos 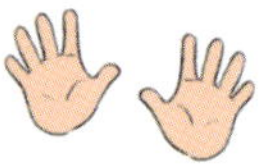 mains dans la peinture,

puis posez-les sur le tablier.

– C'est froid et ça colle aux 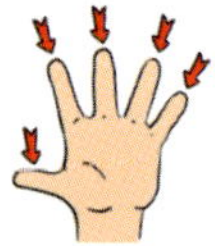 doigts,

dit Sami en riant.

De quelles couleurs sont les pots de peinture ?
PAPA

Et hop une  main jaune, et hop une 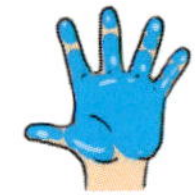 main bleue !

Oh ! en  rouge, c'est encore plus joli !

– Vous ne trouvez pas que ça

manque de  vert ?demande Maman.

– On pourrait mettre une  empreinte

de  Tobi ! suggère Sami.

Mais Tobi dort sous la  chaise...

PAPA
Tobi serait-il content qu'on trempe sa patte dans la peinture ?

Mais tout à coup, Maman

regarde l'heure sur sa  montre :

– Oh là là, il est temps de ranger,

Papa va bientôt rentrer.

Lavez-vous vite les 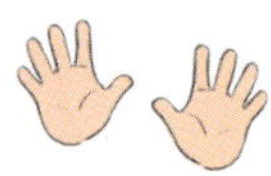 mains les enfants.

– Frottons frottons bien, autour

du 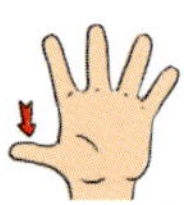 pouce le  savon mousse, chante Sami.

Pourquoi faut-il se laver les mains ?

Ouf, il était temps, l'atelier peinture a disparu. Papa entre.

– Bonsoir, mes petits  clowns ! Vous avez des  taches de peinture sur le 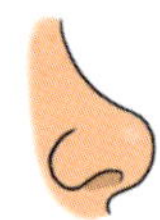 nez.

Heureusement, Papa ne voit pas Sami et Julie devenir rouges comme des  tomates ...

Ma Petite Licorne
PIRATES
Pourquoi Sami et Julie deviennent-ils tout rouges ?

Cinq dodos plus tard, c'est le grand jour ! Maman a préparé un beau paquet avec un  ruban doré.

Quand  Papa découvre le  tablier, il pousse un cri de joie : – Waouh !

Un  arc-en-ciel des petites 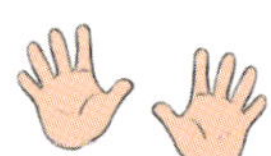 mains de mes enfants chéris ! Merci, je suis ravi !

PAPA
Comment réagit
Papa en ouvrant
le cadeau ?

Et qu'est-ce que Papa a fait
pour célébrer cette belle fête ?

Il a mis son splendide  tablier pour
cuisiner un énorme  gâteau au  chocolat.

– Surtout, Papa, pas de taches
sur ton  cadeau ! le taquinent en
chœur Sami et Julie.

Que fait Papa ?
PAPA
JULIE
SUCRE
SUCRE
FARINE
BIO
Chocolat
Le Gâteau au Chocolat

Mon petit DOC

# Le plus chouette des papas !

Quelle fête de faire des choses avec Papa !
Et toi, quelles sont les activités que tu préfères faire avec ton papa ?

Aimes-tu te promener sur les épaules de Papa surtout quand il court en criant « Au galop, au galop ! » ? C'est trop rigolo !

Aimes-tu quand ton papa prend sa très grosse voix pour faire le loup qui va te manger tout cru ? Tu as un peu peur, mais tu ris aux éclats !

Comme Sami et Julie,
aimes-tu faire un gâteau
avec ton papa, surtout
quand il te laisse manger
avec ton doigt tout
le chocolat qui reste
au fond du bol ?

Et quand il faut aller
au dodo, aimes-tu quand
ton papa te lit une histoire,
que tu t'endors dans ses bras
et que tu l'entends chuchoter
« Fais de beaux rêves,
mon lapin chéri ! » ?

## As-tu lu toutes les histoires de P'tit Sami ?

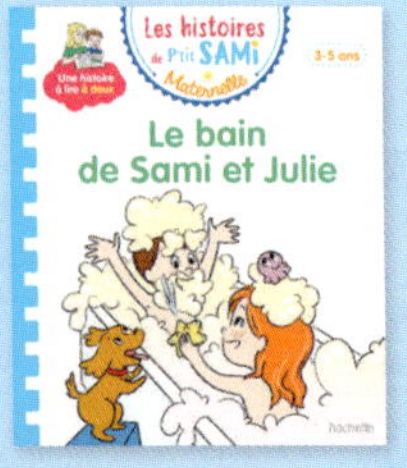

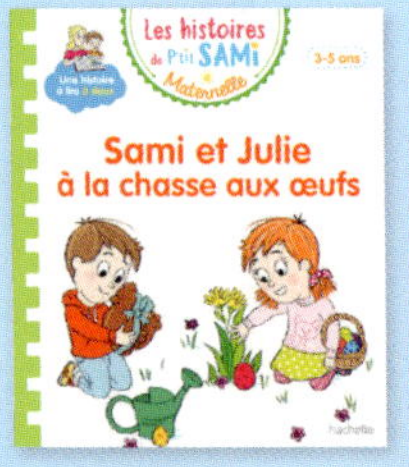

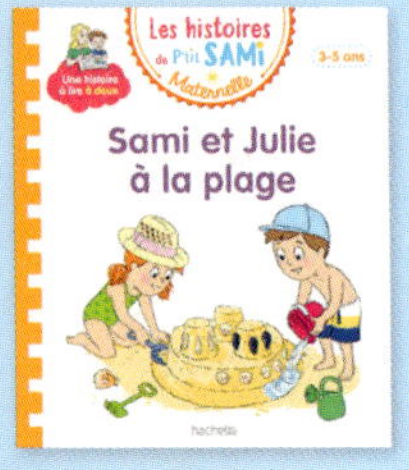

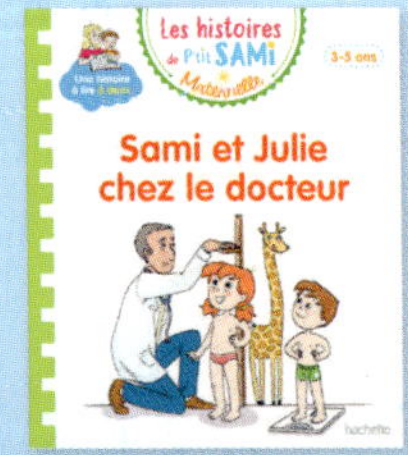